Copérnico (1473-1543)

Óscar René Cruz

IDBCOM

Copérnico

Biografía Breve

Autor: Óscar René Cruz
Derechos: Idbcom LLC

josercrevueltas@idbcom.com
www.idbcom.com

Derechos de autor © 2021 Idbcom LLC

Todos los derechos reservados
Los personajes y eventos que se presentan en este libro son ficticios. Cualquier similitud con personas reales, vivas o muertas, es una coincidencia y no algo intencionado por parte del autor.
Ninguna parte de este libro puede ser reproducida ni almacenada en un sistema de recuperación, ni transmitida de cualquier forma o por cualquier medio, electrónico, o de fotocopia, grabación o de cualquier otro modo, sin el permiso expreso del editor.

(Edición en español).

Contenido

Epígrafe

Fue Copérnico quien por su trabajo nos mostró cuán frágiles pueden ser las concepciones científicas tradicionales.

Owen Gingerich, astrofísico.

Introducción

Después de la muerte de Copérnico en su natal Polonia fue inmediatamente convertido en un héroe cultural. Su nombre se juntó al de los grandes sabios de la antigüedad, cuyas obras físicas siderales y astronómicas Copérnico había combatido. Se le difundió popularmente en poemas, bibliografías, léxicos, almanaques. Sin embargo, en el año 1600, como resultado de las tesis de Copérnico sobre el heliocentrismo, fue condenado a la hoguera el insigne sabio italiano Giordano Bruno. Ello provocó un escándalo que perdura hasta nuestros días, pero llevó como secuela el que en 1616 el texto de Copérnico, Las revoluciones de las esferas celestes, fuera incluido en el índice de los libros prohibidos. Los católicos lo condenaron, le volvieron la espalda, en medio de la conmoción provocada por su teoría heliocéntrica. Ello abriría una nueva etapa de controversias y polémicas en torno a Copérnico y a su obra, aunque en realidad nunca hubo, hasta 1910, un argumento conclusivo sobre su importancia.

Copérnico (1473-1543)

Primeros años

Nicolás Copérnico nació en Torun, Warmia, en territorio prusiano perteneciente a la actual Polonia, el día 19 de febrero de 1473. Nació en el seno de una familia acomodada que desempeñaba un papel muy importante en la vida sociopolítica de aquella época en su región. El padre, del mismo nombre, se dedicaba al comercio del cobre entre las ciudades polacas y alemanas. Activo en política ayudó a crear la Federación Borusca en 1454, época en que las nacionalidades no estaban definidas como ahora. Los sentimientos patrióticos, por decirlo de algún modo, apenas empezaban.

La familia de Bárbara Watzenrode, madre de nuestro personaje, vivía en Torun desde varias generaciones atrás y también se dedicaba al comercio. Tanto en el tronco familiar paterno como en el materno, existían fuertes influencias burguesas. Su abuelo materno tomaba parte activa en los tribunales de los burgos locales y en la organización polaca de carácter marcadamente nacionalista, contra las órdenes provenientes de Prusia y de otros territorios expansionistas. Por tanto, de ambas partes, paterna como materna, Nicolás Copérnico hijo era no solamente un miembro distinguido de su comunidad natal sino además heredero de un espíritu patriótico. Ejerció influencia perdurable en Nicolás, su tío materno Lucas Watzenrode (1447-1512) persona ilustrada, quien después de estudiar en Cracovia, Colonia y Bolonia, hubo de ocupar numerosos cargos eclesiásticos y llegar en 1489 a obispo vitalicio de Warmia. Político prominente, gozaba del favor de las familias polacas y teutonas más relevantes

Muchas veces ejercía como árbitro en las disputas entre polacos y germanos. Hacia 1483, a la muerte del padre de Copérnico, se hizo cargo de la viuda y de la carrera del sobrino Nicolás al cual consideraba dotado para sucederle en las funciones eclesiásticas. La primera infancia de Copérnico ocurrió en la casa ubicada en la ahora Calle Copérnico, antiguamente Calle de Santa Ana y, desde 1480, en la situada junto a la Plaza Mayor de la ciudad vieja de Torun. Recibió sus primeras enseñanzas en la escuela pública, adyacente a la catedral de San Juan, donde existía un arraigado sentimiento nacionalista polaco y desbordante entusiasmo por las ciencias naturales, especialmente por la Astronomía. Esta escuela era dirigida por el propio Lucas Watzenrode. Años más tarde, el joven Nicolás prosiguió sus estudios en la escuela de los Hermanos de la vida en común, en el poblado cercano de Chelmno.

Los Hermanos de la vida en común era una orden monástica dedicada a la divulgación del conocimiento científico. Estas influencias harían que Copérnico, a pesar de las transformaciones eclesiásticas luteranas y germanas, permaneciera fiel a la autoridad religiosa y científica de la Iglesia católica, apostólica y romana. Hacia el año de 1491, inducido por su tío materno, el joven Copérnico ingreso a la Universidad de Cracovia, sin lugar a duda uno de los centros educativos mis antiguos e importantes de toda Europa. Durante cuatro años Copérnico siguió los cursos del llamado entonces artium, más o menos lo que ahora se denomina humanidades. Aunque la vértebra de los cursos de artium era humanística, daban una sólida preparación matemática. Ello agradó al joven Copérnico, dotado de singular vivacidad para la asimilación y desarrollo de las ciencias matemáticas, quien decidió asistir también a los cursos de astronomía que sobre los cuerpos celestes impartía Juan Sacrobosco, y después a las de Feuerbach sobre las nuevas teorías de las órbitas planetarias. Ahí conoció los puntos de vista de Wojciech, de Brudzewo y del mismo Feuerbach sobre la astronomía teórica, la construcción de tablas astronómicas, las teorías de los eclipses y las críticas a la astronomía de Aristóteles, Ptolomeo y Regiomontano. Tales enseñanzas dotaron al futuro científico de los conocimientos astronómico-matemáticos más avanzados de su tiempo. Allí estaba el núcleo europeo con mayor sentido crítico sobre astronomía geocéntrica.

No existe duda alguna que desde las enseñanzas recibidas en la Universidad de Cracovia, Copérnico comenzó a desarrollar un notable talento para la observación astronómica; sobre el movimiento de los cuerpos celestes; y para la comprobación matemática de los fenómenos más peculiares, lo cual con el tiempo habría de ser la labor de su vida entera, devota ya a la ciencia, a la adquisición de conocimientos teóricos, a su comprobación matemática y empírica y a la observación conducente al mejoramiento de la teoría. De la influencia de la Escuela Cracoviana de Astronomía, Copérnico era más que consciente. Nunca rehusó su reconocimiento en sus obras principales. De entonces data (1542), el acta que fue publicada posteriormente con la autorización del sabio mismo, en la que dice: Todo lo digno de admiración que Copérnico ha escrito sobre asuntos matemáticos y lo que se propone publicar, ha sido tomado de nuestra Universidad de Cracovia, como una fuente, y ello el mismo Copérnico no lo desmiente, sino que, por lo contrario, reconoce que todo su arsenal de conocimientos se debe a nuestra academia universitaria.

Clérigo e investigador

En 1495 Nicolás Copérnico es nombrado canónigo de la diócesis de Warmia, y apartándose del sendero que Lucas Watzenrode tenía preparado para él, decide ejercer como tal, dado que ello le habría de dotar de tiempo suficiente para la reflexión sobre los conocimientos adquiridos, la adquisición de otros nuevos, la comprobación e innovación crítica de los mismos. Abandona Cracovia para dirigirse a Fromborck, en cuya catedral habría de fijar su residencia. Con ello Copérnico, para consuelo de su tío materno tan influyente y para beneplácito de la ciencia en general y de la astronomía en particular, quedaba completamente libre de obligaciones y preocupaciones de carácter económico. En aquellos tiempos las prebendas monetarias y sociales de una canonjía eran extremadamente notables. Un individuo cuyo destino eran la ciencia o las artes, solamente podría subsistir, en medio de la forja de un mundo nuevo, gracias a la Iglesia o a los mecenas particulares. El cargo de canónigo no exigía el ordenamiento sacramental, por lo que Copérnico no fue ordenado nunca sacerdote, aunque siempre vivió fiel a los principios y mandamientos de la Iglesia Católica.

La estancia de Copérnico en Warmia no fue prolongada. En 1496 parte a estudiar derecho a la célebre Escuela de Juristas de la Universidad de Bolonia. En esta súbita partida y reencuentro con las ciencias y las artes, encontramos nuevamente la intervención del tío materno, quien influye otra vez en el joven Copérnico para que siga su ejemplo, por demás notable y fructífero, capaz de satisfacer las más profundas ambiciones de todo iniciado deseoso de hacer carrera, fama y fortuna. Los estudios de Copérnico en la Universidad de Bolonia, otra de las grandes sedes educativas del renacimiento europeo, duran hasta el año de 1500, aunque sin absorber completamente su atención. Copérnico se inclina, a pesar de sus estudios sociales, no por las humanidades sino por las ciencias naturales y exactas, en especial por la astronomía. De la estancia de Copérnico en Bolonia, lo más notable fue, sin lugar a duda, su compañerismo y colaboración con el profesor de astronomía Doménico María Novara. Ambos trabajan en la comprobación de la astronomía tradicional. El 9 de marzo de 1497, tuvieron una oportunidad única para verificar la teoría sobre los movimientos lunares predichos por Ptolomeo, en esta fecha la luna cubría la estrella de primera magnitud, Aldebaran, en la constelación de Tauro, la cual contenía un error predecible en lo que respecta a los cambios esenciales de la distancia entre la luna y la tierra.

La observación de Copérnico, en aquel momento cumbre, llegó a la desusada y asombrosa conclusión de que la distancia de la luna a la tierra no cambiaba durante los cuartos en relación con la fase llena, contrariamente a lo previsto por Ptolomeo. Esta conclusión estremeció de emoción al joven Copérnico, la cual habría de ser llevada sistemáticamente a su obra astronómica principal. La demostración empírica y matemática del error ptolomeico no derribaba ni mucho menos, las viejas concepciones geocéntricas y sus consecuencias. Lo importante fue que, desde entonces, el joven sabio empezó a dudar sobre los asertos de los antiguos, de los consagrados por el tiempo, la autoridad y la tradición. Copérnico comenzó a razonar por su propia cuenta, sobre la base de la duda racional en los logros y hallazgos de los demás, don que nunca había de abandonar. Copérnico al dudar de la astronomía consagrada, comienza a construir desde entonces la suya propia, conmoción inusitada para su tiempo. Más tarde Copérnico viaja a Roma con su hermano Andrés, en 1500, viaje seguramente relacionado con sus deberes para con la curia. Ese mismo año regresa a Polonia a conseguir autorización para nuevos estudios, esta vez en Padua, ciudad famosa por su Escuela de Medicina. Copérnico consigue la autorización y el sustento pecuniario. Dos años le bastan para prepararse a ejercer la profesión, la cual tampoco habría de abandonar. En Padua aprovecha el tiempo para consagrarse a los estudios de la filosofía y filología humanistas.

Conoce el griego y ejercitándose, perfecciona su latín. Aprende literatura clásica estudiando en griego y en latín los originales. Se perfecciona como experto conocedor de ambos idiomas y como avezado traductor de estos. De allí parte su entusiasmo literario, lo cual habría de someterse, como todo lo que el emprendía, al celo exacto por la fidelidad y la comprobación. (Aunque nadie lo menciona, este entusiasmo, particularmente por el griego, pudo acercarlo al conocimiento de Anaximandro —610-517 antes de Cristo— o de la astrónoma Hypatia, mujer extraordinaria del siglo II después de Cristo, asesinada por un fanático religioso, se dice que esta muerte marca el final del esplendor griego y el inicio del oscurantismo, entre otros el de los filósofos griegos que habían tenido geniales intuiciones sobre los cuerpos y fenómenos celestes) Parece ser que de 1500 a 1502 Copérnico comenzó en serio a permitirse el suficiente tiempo para encontrar soluciones matemáticas, más precisas que las geométricas, que los antiguos aplicaron a la astronomía para establecer la armonía y la homogeneidad del cosmos, y librar a el conocimiento científico de los cielos de cualquier duda que perturbara la supuesta y jamás comprobada armonía universal, postulada por la fe y no por la ciencia. Hacia 1503 obtiene Copérnico su doctorado en derecho canónico, en Ferrara; y concluye así sus estudios en Italia. Se dice que por entonces Copérnico ya tenía conciencia clara sobre la nueva imagen del mundo y de los cielos, acorde con sus propios postulados, en tanto que citando a sus precursores podía de hecho aventajarles en conocimientos veraces, matemática y empíricamente.

Se menciona, entre sus biógrafos más conocidos, que, en este mismo año de 1503, Copérnico establece las bases geométricas y matemáticas de su sistema heliocéntrico en: "El sistema del universo y el orden establecido de sus partes, que hace circular entre sus amigos como texto manuscrito. Al regreso de Italia, ya en Polonia, Nicolás Copérnico se radica en el castillo de Lidzbark, sede del obispo de Warmia. Allí colabora intensamente con su tío

Lucas Watzenrode, en la administración de la diócesis. Emprende sus primeras actividades políticas en favor de la constitución de un estado polaco unificado, contrario a los intereses expansionistas de los prusianos y de las órdenes teutónicas. Mientras tanto, su cargo nominal es el de médico de cabecera del obispo de Warmia. Por su alta investidura eclesiástica y política, ejerce funciones de canciller y administrador de los bienes del capítulo eclesiástico de Warmia. Allí prepara y publica su primer trabajo, un mapa cartográfico de las fronteras del estado monárquico prusiano, en contraposición con los intereses expansionistas. Afición cartográfica, esparcimiento y quehacer científico que Copérnico no habrá de abandonar hasta sus años seniles.

Otra prueba más de su aptitud para las ciencias y las artes es la demostración de su talento literario, durante su estancia en la corte episcopal de Watzenrode. Ejerciendo su amor por la literatura clásica y su pasión por la filología, traduce del griego al latín las Epístolas morales, rurales y amatorias del escritor bizantino Teofilacto Simocatta, las cuales fueron impresas por Jan Haller en Cracovia, en 1509, dedicadas a su tío y protector, Lucas Watzenrode. En opinión de sus biógrafos esta traducción es singularmente importante por un detalle ilustrativo. Sucede que, según las costumbres de la época, la traducción debía llevar, además de una dedicatoria, en este caso ya cumplida, un poema introductorio, el cual fue encargado por Copérnico a su amigo Wawrzyniec Korwin, antiguo maestro suyo de Cracovia. Relata el poeta Korwin los adelantos del conocimiento astronómico de Copérnico. Lo ve, al lado de Ptolomeo y Aristóteles, dedicado a investigar las causas y regularidad de las orbitas de los cuerpos celestes, en especial de la Luna y del sol.

Muchos de sus biógrafos, sobre todo los polacos, intentan mostrar que Copérnico ya había desarrollado su sistema astronómico heliocéntrico, pero que por el peso de las enseñanzas clásicas y de los postulados de Plutarco y Cicerón, se inhibía, como todo joven autor, de publicar repentinamente y sin demostración sus obras. El caso es que, efectivamente y de un modo probado históricamente, es en Lidzbark donde Copérnico prepara sus Fundamentos de la Astronomía, que, a pesar de ser un pequeño libro, de hecho, es la primera exposición comprobada de su teoría heliocéntrica (hasta ese entonces se creía que la tierra era el centro del universo y todos los astros giraban alrededor de ella, la teoría heliocéntrica de Copérnico planteaba que el centro del universo era el sol).

Este tratado dio paso a uno más amplio, cuyo origen cronológico y circunstancias no se conocen y se discuten, son los llamados Comentarios, titulado más precisamente Nicolai Copernici de hypothesibus motuum coelestium a ser constitutis commentariolus. Es necesario señalar que Copérnico, aunque dominaba de manera natural el polaco y el alemán, escribía sus obras científicas en latín. En alemán solamente escribió sobre política y asuntos administrativos; y en polaco las referencias a sus superiores sobre el estado de las diócesis a su cargo. Su idioma predilecto fue el latín, en el cual están escritas las más importantes de sus obras, sobre todo las relacionadas con los descubrimientos astronómicos. Nadie sabe la fecha exacta de los Comentarios, aunque las investigaciones realizadas han logrado un margen de tiempo entre la supuesta fecha de concepción y de redacción inicial, hacia 1507; y su impresión en un tiraje sumamente limitado, hacia 1512.

Los Comentarios inician con una disertación sobre el principio fundamental del movimiento absoluto y uniforme de los cuerpos celestes; continúan con una crítica de los sistemas astronómicos consagrados, especialmente el de Ptolomeo, en base a los postulados clásicos de Aristóteles; reconsidera a los ptolomeicos más distinguidos, como Calipo y Eudoxo, sobre la teoría reinante hasta entonces, la concentricidad de los cuerpos celestes; y debate la medición de la distancia entre tales cuerpos, según métodos supuestamente matemáticos. A partir de este núcleo, el perito copernicano polaco Jerzy Dobrzycky, considera que surgen los siete postulados más importantes de los Comentarios, los cuales son: 1. No existe un centro único de todos los círculos y/o esferas celestes. 2. El centro de la Tierra no es el centro del universo, sino solo de la gravedad y de la esfera lunar. 3. Todas las esferas giran alrededor del sol, que es su punto medio, y por ello el sol es el centro del universo. 4.-La razón entre la distancia de la tierra al sol y la altura del firmamento es tan inferior a la razón entre el radio de la tierra y su distancia al sol, que la distancia de la tierra al sol es imperceptible frente a la altura del firmamento. 5. Todo movimiento que parezca realizar el firmamento, no proviene del movimiento del firmamento mismo, sino del de la tierra. La tierra, junto con los elementos que la rodean, realiza una rotación completa alrededor de sus polos fijos en un movimiento diario, mientras que el firmamento y el cielo superior permanecen inmutables. 6. Lo que se nos presentan como movimientos del sol no proviene de sus movimientos, sino del movimiento de la tierra y de nuestra esfera, con la que giramos alrededor del sol como cualquier "planeta. La tierra tiene, pues, más de un solo movimiento. 7. Los movimientos aparentes retrogrado y directo de los planetas no provienen de su movimiento, sino del de la tierra. Por tanto, el movimiento de la tierra por sí solo es suficiente para explicar esas desigualdades aparentes de los cielos. El orden y la formulación de tales postulados pueden parecer arbitrarios e inconexos, pero tienen una armonía consecuente con lo que Copérnico trató de demostrar a través de su crítica a Ptolomeo y a los ptolomeicos, incluso a sus antiguos profesores de Cracovia y de Bolonia, como Feuerbach. De los Comentarios se desprende no solo una crítica demostrada por medio del juicio puro y práctico y el ejercicio sistemático del nuevo sentido común copernicano, sino una nueva teoría que consta de dos principios fundamentales: el primero, la formulación de una nueva teoría astronómica y física, la heliocéntrica copernicana; y el segundo, la postulación del triple movimiento del planeta tierra: a.

Su movimiento de traslación alrededor del sol; b.El movimiento de rotación sobre su propio eje; y c.Su movimiento de desviación o declinación copernicanas, conforme a lo cual se explica el hecho de que el eje terrestre, inclinado unos grados respecto al plano de la órbita terrestre, mantiene su dirección en el espacio durante el movimiento de traslación del planeta alrededor del sol. Este último movimiento es puramente ideal conforme a los postulados clásicos de Copérnico.

La tierra es una esfera perfecta que describe un movimiento circular y no elíptico, traslatorio alrededor del Sol. Copérnico suponía también que el Sol y todas las estrellas son puntos fijos en el firmamento, mientras que sus planetas y satélites no lo son, error que habría de ser refutado por otros astrónomos hacia finales del siglo XIX. El nuevo sistema astronómico, que habría de reinar hasta fines del siglo XIX, está esbozado por Copérnico en base a: 1. Su crítica del sistema geocéntrico de Ptolomeo, Aristóteles y seguidores; 2. La formulación alternativa del sistema heliocéntrico, con sus consecuencias hacia todas las esferas celestes, incluyendo los satélites visibles en aquel entonces, como la Luna; y 3. La edificación teórica de la concepción del triple movimiento del planeta Tierra.

Estos postulados constituyen la obra única de Copérnico sobre astronomía. Es una obra original, pionera e innovadora, sobre todo de consecuencias colosales para los siglos por venir en el estudio del universo. Lo que se critica de sus Comentarios, es que la nueva teoría aparece aún llena de conceptos ya rebasados, como podría ser el caso de la medición de la traslación de algunas órbitas celestes, por ejemplo, la del planeta Mercurio alrededor del Sol. Y también que carece de un adecuado tratamiento matemático que hubiera resuelto estas inconsecuencias, entre las que se citan además las llamadas excentricidades siderales o dimensiones constantes de epiciclo orbital, las cuales, por cierto, Copérnico abandonaría más adelante, cuando cobra conciencia de las limitaciones de su obra, y se dispuso a superar los estrechos límites del clasicismo.

Pasado el tiempo, Copérnico habría de arrepentirse de lo prematuro y espontáneo de sus conclusiones en los Comentarios, donde aseguraba que "...bastarían 34 libros para explicar todo el mecanismo del mundo y todas las revoluciones de las estrellas errantes". Pese a todo, los Comentarios, aunque breves y sin demostración matemática, hubieran bastado para inmortalizar a Copérnico al revolucionar la física sideral y la astronomía. Fue la plataforma que lanzó a la conquista del conocimiento del universo a las figuras célebres de Galileo, Giordano Bruno, de Brahe, de Kepler, Newton, Einstein y los físicos del siglo XX y XXI de la teoría del Big Bang. La obra de Copérnico, no se detiene en los Comentarios, pero ella basta para revelar más de una verdad fundamental. 1512 es un año decisivo en la vida de Nicolás Copérnico. Por una parte, desarrolla su teoría heliocéntrica y del triple movimiento de la Tierra, que habría de tomar su forma definitiva en Las revoluciones de las esferas celestes. Asimismo. Por entonces abandona su calidad de clérigo al servicio de la Iglesia católica apostólica y romana, justo al morir el 29 de marzo de 1512, su tío Lucas Watzenrode, obispo de Warmia.

Funcionario público

Copérnico se enfrenta al mundo y a sus responsabilidades totalmente solo. Son tiempos por demás difíciles. Urge una reforma económica en la región, que cristalice en mayores aportaciones para la Iglesia y en un mejor nivel de vida para los habitantes del área. Copérnico comienza a emplear sus influencias y su posición de clase, arraigado en la alta burguesía, para ser quien decida los destinos económicos y políticos de Warmia, en sustitución de su tío materno. En ese periodo de su vida Copérnico destaca por sus dotes diplomáticas y políticas. Es un momento lleno de cambios y dificultades, en las que Copérnico mantiene a su región independiente del orden teutón, a pesar de la invasión germana al territorio polaco. La resistencia fue tenaz. Desde entonces Polonia es un país que siempre ha luchado en contra de teutones, germanos y rusos, por su independencia y autonomía. El caso es que, al volver la paz, Copérnico se dedica de lleno a los asuntos financieros y políticos.

Ocupa diferentes puestos importantes de carácter no seglar. Es visitador, canciller y comisario al servicio de la Iglesia en Warmia; es hábil mediador en disputas de carácter social. Así, desde 1512 hasta 1522, Copérnico al hacer frente a los problemas que siguieron a la guerra con los teutones, se da cabal cuenta de la importancia de los asuntos económicos y monetarios, de acuerdo con los enunciados aristotélicos sobre el manejo económico y político de la poli, o sean aquellos referentes a la situación financiera del Estado. Se da cuenta que a través del manejo del dinero es posible influir en la estructura productiva y en el nivel de vida de los habitantes de la región. Así Copérnico es obligado a ejercer la ciencia económica y en especial aquellos asuntos de orden monetario.

Copérnico, en función de sus cargos de magistrado, presenta una Memoria sobre la reforma monetaria, ante la Asamblea de Los Estados de la Prusia Real, que incluía Polonia y a su vez Warmia, donde el sabio estaba comisionado en marzo de 1522, inmediatamente después de la firma del armisticio provisional entre polacos y teutones. Pero la Memoria no fue editada sino hasta 1592, después de muerto, compendiada por el editor Gaspar Schutz en la Historia rerum prussicarum, con lo cual no solamente perdió el impacto de su novedad, sino que, al incluirse en forma compendiada junto con otros textos, perdió también impacto académico y científico. Lo novedoso de las ideas que Copérnico ejecutaba como magistrado, por ejemplo, la famosa tasa impositiva al pan, Panis coquendi ratio, en la cual el sabio se esforzaba por detener una espiral inflacionaria regulando la oferta de este producto indispensable en la alimentación, sobre todo de las clases medias y bajas, no se relacionaron con la famosa Memoria en donde estaba el fundamento teórico de las medidas aplicadas. Copérnico fue, al decir de los enterados en la materia, y en opinión de la mayoría de sus biógrafos, que son muchos, no solamente un experimentado sabio en asuntos eclesiásticos, artísticos, médicos y en astronomía, sino un gran enterado de los asuntos civiles, políticos y sociales; y en el ejercicio de sus funciones seglares y civiles, un notable economista. La Europa del siglo XVI Es necesario ubicar el momento histórico de Nicolás Copérnico. El siglo XVI fue, en Europa, un siglo de transformaciones definitivas. Así, por ejemplo, los estados nacionales empiezan a delinear sus fronteras con pasmosa rapidez. Empieza la incesante y paulatina desaparición de los estados feudales y su mutación en estados en desarrollo hacia el capitalismo, donde ya no es la nobleza, los terratenientes o el clero quienes imponen el modus vivendi y el modus operandi de la población económicamente activa, sino que es una nueva clase social, surgida mediante un largo proceso acumulativo de dinero, de capital, a lo largo de toda la alta Edad Media. Surge el capitalista de la figura del antiguo comerciante, ahora convertido en diligente burgués dedicado a la importación y a la exportación; y lo más importante a la naciente industria.

El continente se transforma de una manera radical. Los viejos tratados eclesiásticos de carácter universal, en los que toda actividad social está sometida al carácter teísta de salvación individual del alma por medio de la fe, el trabajo y la oración, son insuficientes para explicar los acontecimientos del Renacimiento Europeo. La división internacional del trabajo toma un lugar preponderante en el desarrollo de los nacientes estados nacionales. Países altamente industrializados para su tiempo, como Inglaterra, Holanda, Flandes, el norte de Italia y ciertas regiones de Francia, someten a otros estados emergentes. El estado polaco de Copérnico mantiene, a pesar de su privilegiada posición geográfica en el Mar Báltico, una situación totalmente atrasada, dependiendo enteramente, para su supervivencia, del comercio con Inglaterra y Holanda, principalmente, a quienes abastece de materias primas y alimentos a cambio de productos acabados y herramientas, como instrumentos productivos. Ello, que aparentemente sólo tiene relevancia para explicar a través de los flujos del comercio internacional de aquella época, es importante en el proceso de formación de los Estados nacionales, que deben tener una riqueza y una economía funcional, que se identifica inicialmente con la acumulación de metales preciosos indispensables para acuñar su propia moneda, suprimiendo las de los feudos y abriendo casas emisoras de moneda, centrales, únicas, que controlaran el flujo del oro y la plata, la circulación de mercancías y la estabilidad de los precios de las mismas, para lograr un desenvolvimiento equilibrado y dinámico de las economías nacionales. Es la época del mercantilismo, llamado también monetarismo o bullionismo, que trata de centrar la atención del gobierno nacional en la acumulación de riquezas y en una balanza de pagos favorable en las relaciones comerciales con otros países.

Para entonces aún no se precisaban con exactitud los mecanismos monetarios y financieros que habrían de respaldar el proceso productivo nacional, el intercambio internacional y la formación del excedente económico. Ello vendría más tarde, dos siglos después. Ubicada así la Memoria de Copérnico, de 1522, es un hito en la historia de la economía política. Como ciudadano y seglar, jamás repudiará su situación privilegiada de clase. Su actuación como canónigo fue semejante a la de su contemporáneo holandés, Erasmo de Rotterdam. En medio de las luchas que sucedieron a la Reforma de la iglesia, inspirada por Lutero y Calvino; él jamás abandonará la iglesia católica para ubicarse contra ella.

La ciencia y la economía

Copérnico es el ideal, aún en el Renacimiento, del sabio clásico y mesurado, inscrito en los lineamientos sociales y políticos de su tiempo. Así como nunca se opuso a los cánones de la Iglesia; tampoco lo hizo contra sus superiores ni contra los magistrados civiles de la alta burguesía, que controlaba los tribunales monárquicos del estado polaco de aquel entonces. De allí el carácter de modesta reflexión de su obra escrita. Pero muy diferente fue su actitud cuando se trató de sus aciertos en las ciencias naturales, especialmente en astronomía.

Nunca cedió ante las opiniones consagradas y tradicionalmente aceptadas. Acatadas como dogmas, escritas en la Biblia, o por Aristóteles o Santo Tomás, padre de la Iglesia. Por ello fue repudiado tanto por la curia católica como por los reformadores luteranos y calvinistas, quienes veían en él a un charlatán que quería mover la tierra y detener como centro fijo al Sol. Ante ellos, Copérnico no se inclinó jamás, ni desistió de su quehacer astronómico, que celaba fieramente. Pero en cuanto a sus deberes eclesiásticos y civiles, encontramos otro temperamento, otra personalidad, la cual si se inclina humildemente ante el status quo consagrado. Esto es algo difícil de explicar, algo que consterna a sus biógrafos más experimentados. Copérnico era científicamente un hombre cabal; y en su actuación social, civil y seglar, súbdito astuto, que vela por su position de clase y las prebendas importantes, que le permitirían consagrarse a lo que de hecho el adoraba, la investigación del firmamento, la investigación científica de los cielos. Solamente así se puede explicar el celo que puso en sus obras de carácter astronómico, y su cuidado interés y eficiente labor, que realizaba al servicio de las clases y estratos sociales pudientes, que le garantizaban la supervivencia. Se explica el celo que puso en la publicación de sus obras astronómicas y la desatención que aplico a la publicación de sus otras obras, como la Memoria de 1522, publicada como ya se dijo hasta 1592.

Contario a lo normal en los trabajos científicos, Nicolás Copérnico no cita para refutarlos a sus antecesores en los estudios del universo, lo que no deja de mostrar habilidad para soslayar el enfrentamiento con autoridades tan poderosas. Presenta de manera directa sus conclusiones, derivadas de la observación y comprobación práctica, de los hechos celestes. En economía, Copérnico ocupa un lugar al lado de los autores mercantilistas más importantes de su tiempo, que eran en su mayoría, como John Hales, Jean Bodino, Gerald Malynes y Thomas Mun, experimentados profesionales de la materia, también pioneros en su tiempo. Junto a ellos Copérnico razona de una manera única y solitaria, conforme a la objetividad de los hechos y debido a la maestra de todos los hombres: la experiencia. Sus proposiciones en esta materia están consideradas como una innovación. Copérnico se inclina del lado del progreso capitalista. Admira la industria y la promoción que el burgués, como empresario, ejerce dentro de ella. Admira a quienes controlan, a través del comercio internacional, los flujos monetarios de la balanza de pagos. Desconfía de los mercaderes y comerciantes medios y bajos y del artesanado; y les somete, mediante la decisión de la curia y de la monarquía, a los designios de la clase burguesa en ascenso. Recordando que estamos ubicados en 1500, en pleno siglo XVI, esto es realmente algo nuevo en la rancia Polonia, dominada feudalmente. Por otra parte, en cuanto a los asuntos monetarios y desde un punto de vista más técnico, Copérnico en su Memoria, procede a ponerse del lado del llamado buen dinero o dinero fuerte, o sea aquel que esta acuñado, impreso y autorizado para todo el estado nacional, por una o dos casas de moneda centrales. De hecho, Copérnico, propone dos casas, una al servicio de su Real Majestad de la Prusia Polaca; y otra al servicio de los intereses del Príncipe Heredero.

Así Copérnico divide los intereses políticos y militares, astutamente, dentro de una misma casa monárquica en Polonia, obedeciendo a las condiciones de su momento histórico. Por otra parte, adelantándose a lo que con el tiempo se llamará, dos siglos más tarde, Ley de Gresham o fundamentos de la teoría cuantitativa del dinero, Copérnico advierte que aun en el caso de ejercerse de inmediato un monopolio sobre la acuñación monetaria, debido al desgaste por el uso de la moneda, aquellas que aun conserven su valor real y no meramente nominal en metales preciosos, serán acumuladas, escondidas, atesoradas o sacadas del país. Y junto a ello, en tanto teoría cuantitativa de la moneda, advierte también que los flujos monetarios pueden ser utilizados para controlar el flujo de mercancías, incluyendo la fuerza de trabajo; y servir, por tanto, para controlar a través de la moneda la estabilidad, el equilibrio y la evolución de la producción y del empleo. (Estos aciertos se convirtieron en el siglo XX y XXI en dogmas teóricos del capitalismo norteamericano, bajo el signo de la Escuela de Chicago, y son los principios pragmáticos con los que funciona el Fondo Monetario Internacional y el Banco Mundial, ambos bajo el control de los EUA, así como los Bancos Centrales de muchos países. Estas instituciones regulan la emisión de moneda —dinero—; el crédito; controlan los precios —inflación o deflación—; y la paridad cambiaria, o sea el valor de la moneda de un país en relación con la de otro). En resumen, la Memoria de Copérnico bosqueja los intereses prioritarios del Estado sobre los intereses feudales de condados, ducados y baronatos existentes, de donde todos se someten a una autoridad central y a un poder monetario y financiero omnímodo, que en este caso era la Corona real de Polonia. Así, concluye Copérnico, Polonia pronto se situaría junto a los países capitalistas nacientes, tomando como modelo a los estados-ciudad del Norte de Italia, como Génova o Venecia, que florecían en la producción y comercio, ciencias y bellas artes. El progreso dotaría a los habitantes del suficiente tiempo libre para dedicarse, no a la guerra que Copérnico detestaba, sino a las creaciones del genio humano. La Memoria Copernicana expresa una utopía, no como la de Tomas Moro o de Campanella, en función del conocimiento científico, objetivo, de la sociedad de su tiempo.

Sobre orbitas de los cuerpos celestes

Justo en medio de la confrontación armada entre polacos y teutones, hacia 1521, comienza Copérnico a trabajar sobre su obra magna Las revoluciones de las esferas celestes. Estudia los textos antiguos de Aristóteles, de Ptolomeo, de Regiomontano, de los antiguos árabes. Estudia en silencio, sin comunicar nada a persona alguna sobre la evolución de sus investigaciones. Trabaja con los medios de observación astronómica conocidos hasta entonces, el cuadrante solar, los instrumentos paralácticos, la esfera armilar y los instrumentos de medición de coordenadas angulares, Copérnico continúa con su labor callada. Un poco antes, hacia 1517, antes de las conflagraciones más importantes, ha diseñado y construido un observatorio celeste en forma de tabla de vidrio, sobre la pared del frontispicio de la catedral de Olsztyn. En ella, al reflejarse la luz solar sobre la pared, se puede leer por medio de los diagramas y dibujos fijados en la pared opuesta, la posición del sol respecto al ecuador celeste, marcando los periodos de observación en relación con los equinoccios y solsticios. Copérnico mantiene así, viva en su obra, la veneración renacentista hacia el Sol, al cual están dedicados sus mejores esfuerzos culturales y su objetividad científica. Animado por ciertas figuras eclesiásticas prominentes, comienza Copérnico a entusiasmarse por la investigación pronta y por la culminación de su obra. Entre las figuras que más influyen en él, se deben mencionar del lado católico a Pablo de

Middelburgo, autor de una reforma al calendario Juliano, y también al ilustre Pablo, obispo de Fossombrone; del lado protestante, a Melanchton, famoso reformador luterano, a Georg Joachim de Porris, llamado latinamente Rheticus, quien llegó a ser discípulo suyo y gran divulgador de su obra. También debemos tomar en cuenta al cardenal Nicolás Schonberg, quien desde Roma ayudó política y pecuniariamente al sabio. Los biógrafos de Copérnico dan como malentendido lastimoso el que se le apode el solitario de Fromborck, porque en la opinión de la mayoría de ellos, llevó una vida social intensa, no sólo debido a sus obligaciones seglares y civiles. Mantuvo intensos contactos personales y por correspondencia con eminentes pensadores polacos de su tiempo. El que se le apode de tal modo es, en opinión de los conocedores, bien por mala fe o por ignorancia.

Una prueba de la sociabilidad de Copérnico es la perfección con la cual llevó a cabo la elaboración del calendario astronómico, por iniciativa del obispo Bernard Wapowski. Desafortunadamente el original del calendario reformado no se ha conservado; muy probablemente fue destruido por algunos de sus enemigos políticos, hacia su senectud y muerte. Prueba de la actividad social de Copérnico, cuando algún asunto le atañía o le interesaba, es la crítica que realizó a instancias también de Bernard Wapowski, del tratado titulado Del movimiento de la octava esfera de Johann Werner. La disertación critica que Copérnico realiza sobre la obra de Werner se conoce como Carta a Bernard Wapowski y se enumera entre los trabajos que realizó

Copérnico antes de concluir su obra cumbre, Las revoluciones de las esferas celestes. La Carta a Bernard Wapowski aparte de la crítica, a las tesis de Wernerium, como se ha latinizado su apellido, demuestra que Copérnico trabajaba, en la más absoluta reserva. Este documento no contiene ningún argumento astronómico sobre la teoría heliocéntrica o sobre el triple movimiento de la Tierra.

Copérnico se limita a criticar metodológicamente y en su contenido, las tesis de Wernerium, sin presentar como alternativa ninguna consideración propia. Solamente existe un enunciado que anticipa su propio pensamiento, cuando confiesa que sus propios conocimientos científicos sobre las cuestiones astronómicas se reservan a otro lugar y a otro tiempo. Alrededor de 1530 el manuscrito original de Las revoluciones de las esferas celestes, estaba terminado. Sin embargo, Copérnico, temiendo a la burla y a las humillaciones, no lo da a publicar. Así lo subrayó en la Epístola dedicatoria: "...yo razono como los pitagóricos, quienes no daban a conocer sus obras para que aquellas cosas más bellas, fruto de largas y arduas disquisiciones de grandes hombres, no se viesen expuestas a la humillación y el desprecio de quienes escatiman el propio trabajo honesto, para cualquier estudio que no les reporte beneficios materiales inmediatos; o que tienen mentes obtusas y circulan entre los verdaderos sabios como zánganos entre las abejas". A pesar del silencio la noticia de sus descubrimientos y sobre la obra se difundieron dentro y fuera de Polonia desde 1539, año en el cual su discípulo Rheticus publica su libro de divulgación De narratio prima, dando a conocer públicamente, para disgusto de los patriarcas protestantes, Lutero y Melanchton, protectores de Rheticus e indirectamente de Copérnico, los adelantos de la obra de éste, sobre todo la información geométrica y trigonométrica que le dio soporte a las observaciones empíricas. Finalmente, convencido de la cercanía de su muerte, Copérnico accedió entre 1542 y 1543 a publicar su obra. La impresión de Las revoluciones de las esferas celestes finalizó en marzo de 1543, poco antes de la muerte del sabio, quien tenía a la sazón 70 años.

Tras una larga enfermedad, cuyos padecimientos le causaron grandes penas y dolores, falleció Nicolás Copérnico, en Fromborck el 24 de mayo de ese año. Nicolai Copérnico Thoruniensi de revolutionibus orbium coelestium libri VI es el título completo de la obra, editada bajo el cuidado de Rheticus, en Gdansk, Polonia. El texto va precedido de un prefacio de Osiander, sabio católico influyente, que defiende la importancia del libro; le sigue la carta que el cardenal Nicolás Schonberg envió a Copérnico desde Roma, después de conocerlo en Fromborck, instándole a terminar y publicar la obra. Finalmente, como un tercer texto que precede a la obra dividida en seis libros, aparece la epístola dedicatoria de Copérnico al Papa Paulo III, en la cual el sabio se apoya en referencias de las eminencias antiguas del pensamiento, como Cicerón, acerca del movimiento terráqueo; y en donde cita de su propia pluma, que no es su interés discutir autoridad eclesiástica alguna ni atentar contra los textos sagrados, sino simplemente corregir a los astrónomos y matemáticos anteriores a él. La obra cumbre de Copérnico está dividida, como ya mencionamos, en seis libros. Los capítulos iniciales del Libro primero contienen una suerte de elogio de la ciencia de la astronomía, vinculada con la ciencia de las matemáticas. Esta especie de introducción ha sido omitida arbitrariamente en algunas ediciones, como la de Osiander, en Nuremberg, también hacia 1543.

En el mismo Libro primero, trata Copérnico de la astronomía tal y como fue diseñada en el Almagesto, título del libro teórico de Ptolomeo. Más adelante, sosteniendo la idea de la esfericidad del planeta Tierra, sigue el curso de los argumentos aristotélicos y ptolomeicos, el movimiento de rotación del mundo, introduciendo una diferencia cualitativa enorme entre lo que es el peso físico de las cosas y su gravedad al centro del planeta. Aquí se bosquejan aquellos inicios newtonianos sobre las leyes dimensionales, físicas y matemáticas, sobre la gravedad de los objetos y sobre la gravedad de las esferas celestes, así llamadas hasta entonces. Entre las consecuencias más asombrosas del movimiento rotatorio de la Tierra, extrae Copérnico lo que él denomina la Ley del Orden, del orden cosmológico, según la cual el centro del sistema es el sol y a alrededor de él diseña el movimiento de traslación de los planetas, incluyendo por supuesto a la Tierra. Lo que asombra acerca de esta Ley del Orden, es que Copérnico, con los escasos rudimentos físicos y matemáticos de la época y con los primitivos instrumentos de observación que poseía, haya llegado tan cerca al diseño exacto del movimiento traslatorio de los planetas alrededor del sol. Asombro que se disipa cuando encontramos en el curso de la argumentación subsecuente, pruebas inauditas de su genio.

El Libro segundo de la obra consiste básicamente en temas de astronomía esférica, sin vinculación directa con las tesis principales esgrimidas en el Libro Primero. Tal parece que el autor sigue el diseño original del Almagesto, intentando superarlo en su estructura, pues de otra manera no se explica esta falta aparente de coherencia con el texto en general.

En el Libro tercero, Copérnico se refiere al sistema formado por la esfericidad aparente del movimiento de las estrellas fijas, las cuales aparecen como círculos exactos a la vista del astrónomo. Ubica también la teoría de la Precesión del eje terrestre, que es el elemento científico objetivamente más importante de su teoría; o sea lo que antes había sido, en los Comentarios, el tercer movimiento del planeta Tierra, intitulado como movimiento de desviación o de declinación.

El Libro cuarto contiene la teoría de los movimientos lunares y de los métodos para el cálculo de los eclipses, frecuentemente de la luna misma, en relación con el planeta tierra y con el sol. Aquí hace caer a tierra los argumentos ptolomeicos acerca de la independencia relativa de la luna respecto a nuestro mundo; y asienta claramente los errores de Ptolomeo en relación con el cálculo de la distancia entre la luna y la tierra. Para ello, como también en el Libro tercero, Copérnico se apoya no solamente en observaciones y cálculos propios sino en cálculos y observaciones que se remontan 1800 años antes que él, desde la época de Timocares, sabio grecolatino que exploró con su visión y con genio, las esferas celestes.

En el Libro quinto se ocupa Copérnico del movimiento fenoménico, desde el punto de vista de la física sideral y de la astronomía, de los planetas del sistema solar. Describe el movimiento de éstos en el plano de la elíptica, superando el anterior argumento que había mantenido, a la usanza ptolemaica, en sus Comentarios, sobre el movimiento supuestamente esférico, en todo caso, circular. Copérnico se apoya en observaciones y demostraciones geométricas totalmente desusadas hasta entonces, por tanto, revolucionarias. Esgrime como argumento para justificar la pobreza explicativa de Ptolomeo acerca de los grandes epiciclos circulares de su sistema geocéntrico, el hecho de que Ptolomeo se basaba casi siempre en cálculos y observaciones con el instrumento astronómico denominado ecuante, que Copérnico rechaza por inexacto. Argumento fundamental, no totalmente dilucidado por Copérnico, es el que trata acerca de las posiciones solares para explicar, no la supuesta concentricidad de las órbitas de los astros, sino su excentricidad elíptica respecto al sol. Copérnico, a pesar de que considera al Sol como centro fijo, le dota de movilidad geométrica visto desde la Tierra, esgrimiendo inexactamente posiciones como las del sol medio, las del sol cuarto y las del sol fijo. Este problema fue resuelto por los astrónomos y físicos siderales y cosmólogos que siguieron después de Copérnico, desde Galileo, Brahe y Kepler hasta Rutherford, Maxwell y Einstein, quienes estudiaron, en el universo finito pero inconmensurable, constantemente en expansión, la movilidad del sol con respecto a otros sistemas. De hecho, el sol mismo se mueve en un orden y una armonía prescrita matemáticamente por el cosmos. El sol no es una estrella errante, sino una estrella derivada de un sistema mayor.

El libro sexto también trata acerca de los planetas del sistema solar, de su movimiento de latitud y de longitud con respecto a la tierra. O sea, acerca de sus oscilaciones en torno al sol, y de las perturbaciones que puedan acontecer en éstas. Como una innovación esencial a la teoría del heliocentrismo, encontramos en este Libro sexto la inclinación de las órbitas planetarias enteras al plano de la elíptica, en lugar de la inclinación variable de los llamados epiciclos de Ptolomeo, en su sistema geocéntrico cerrado.

El hecho de que la obra astronómica cumbre de Copérnico guarde analogías frecuentes con la obra de Ptolomeo, no se debe a un carácter meramente imitativo, sino al propósito consciente derivado del diseño de una obra ya dada y consagrada por la historia, y en presentar una teoría renovadora que se erige críticamente sobre los cimientos derruidos de la anterior. Cabe subrayar que, si bien existen semejanzas en cuanto a la estructura argumentativa, los métodos de investigación, argumentación y comprobación son enteramente diferentes. Ellos no cabrían en el diseño del Almagesto. De inmediato a su publicación y bajo la influencia un tanto perdurable de Osiander y acaso de Rheticus, el texto de Copérnico fue consagrado como de carácter hipotético, más que probatorio de una nueva visión cosmológica y planetaria. No se le atribuían aún las virtudes que el texto tiene para suscitar problemas metodológicos, matemáticos, físicos, cosmológicos y astronómicos.

De hecho, el trabajo de Copérnico, pero sobre todo su obra cumbre, chocó de inmediato con los postulados de las Sagradas Escrituras, del llamado buen sentido común, del llamado sano juicio, de todo el conjunto aristotélico-ptolomeico-tomista que fundamentaba no solamente los pilares seudocientíficos de la Iglesia Católica sino también de las iglesias protestantes. Lutero afirmó que el sano juicio le permitía ver que el Universo giraba, y que giraba alrededor de la Tierra; y descartó inmediatamente, lo mismo que Calvino y Melanchton, las tesis copernicanas.

En cambio, como hipótesis, como un sueño diurno racional, los católicos y sobre todo los polacos, consagraron inmediatamente a Copérnico como un renovador de la astronomía. ¡Cuán lejos estaban todos de imaginar las consecuencias que la teoría del sabio produciría con el paso de los siglos! Para empezar, debemos mencionar que Copérnico fue inmediatamente convertido en un mito popular, en una especie de héroe cultural para los ignorantes y para las masas semi ilustradas. Su nombre se juntó al de los grandes sabios de la antigüedad, cuyas obras físicas siderales y astronómicas Copérnico había combatido. Se le difundió popularmente en poemas, bibliografías, léxicos, almanaques y libros de récords. Sin embargo, en el año 1600, como resultado de las tesis de Copérnico basadas en el heliocentrismo, fue condenado a la hoguera el insigne sabio italiano Giordano Bruno. Ello provocó un escándalo que perdura hasta nuestros días, pero llevó como secuela el que en 1616 el texto de Copérnico, “Las revoluciones de las esferas celestes”, fue incluido en el índice de los libros prohibidos. Los católicos le condenaban y le volvían la espalda en medio de la conmoción provocada por el heliocentrismo. Ello abriría una nueva etapa de controversias y polémicas en torno a Copérnico y a su obra, aunque en realidad nunca hubo, hasta 1910, un argumento conclusivo sobre su importancia.

En el año de 1610 Galileo Galilei imprime su tratado Nuntius sidereus, donde presenta los resultados de sus investigaciones sobre el firmamento. Galileo, descubridor e innovador de la astronomía con su telescopio, presenta así pruebas concluyentes acerca del heliocentrismo. No es el único texto donde Galileo defiende las tesis copernicanas y se incline al lado del heliocentrismo, pero si es su libro definitivo al respecto. Galileo descubre los cuatro satélites de Júpiter y corrobora las fases de Venus alrededor del Sol, con lo cual comprobaba que los planetas del sistema solar no giran alrededor de la tierra como en el planteamiento geocéntrico, sino alrededor del sol, como centro del desplazamiento orbital de los cuerpos celestes. Galileo cuido mucho de no caer en desgracia inmediatamente con los profesores aristotélicos y ptolomeicos y con los defensores católicos del tomismo y las sagradas escrituras, sobre todo con las autoridades eclesiásticas del Santo oficio, quienes habían condenado a ser quemado vivo a Giordano Bruno, no obstante sus tentativas de presentar las Sagradas escrituras como escritos alegóricos acerca de la divinidad de Dios y sus mandamientos, los cuales debían estudiarse metafóricamente, para no excluir los planteamientos científicos que ya no era posible desterrar.

Una posición similar asumió el sabio italiano Foscarini hacia 1615. Desde Copérnico mismo se presentaron como dos verdades no excluyentes, la de la Biblia y la de la ciencia. Empero Galileo fue obligado a renunciar a sus propósitos y a condenarse al silencio, so pena de muerte en la hoguera, en 1633. Con este edicto secreto, la iglesia católica rompía definitivamente su alianza con el heliocentrismo tornado como sueño diurno, rompía con Copérnico. Sin embargo, la verdad científica es muchas veces una especie de animal salvaje que lucha fieramente por su propia supervivencia, pese a todo y a todos. No pasaron muchos años después de la descalificación de las iglesias, cuando ya surgían nuevos seguidores del heliocentrismo: Bruno, Brahe y Galileo.

Hombres de ciencia de la estatura de Descartes, de Hobbes, Wright y Fontenelle u otros menos conocidos como los hermanos Lansberg, Deusing y Listorp, publicaban y difundían clandestina o abiertamente, de acuerdo con sus circunstancias, las tesis heliocentristas, cobrando cada vez nuevos adeptos, colocando la astronomía por necesidad de supervivencia, en una suerte de sociedad secreta. La polémica se extinguió definitivamente con la obra de Sir Isaac Newton. Este físico, astrónomo y matemático de capacidad singular, codificó la experiencia de sus predecesores y la impulsó por medio de sus demostraciones irrefutables, publicadas sucesivamente en forma de actas, argumentos y comprobaciones. Es importante señalar su aportación decisiva a la polémica sobre el heliocentrismo y al triunfo de éste, no solamente contra el geocentrismo sino también contra los profesores seudo clásicos y las academias vulgares que habían formado abrigo alrededor, de las Sagradas escrituras y el Santo oficio. En 1867 se publica De Philosophiae Naturalis Principal Mathematica, de Newton. A partir de entonces dejó de existir la alternativa geocéntrica, y el heliocentrismo; la obra de Copérnico, Brahe, Galileo y demás, fue totalmente consagrada por la ciencia. A finales del siglo XVIII, la polémica dejó de serlo. Ya no más un enfrentamiento directo entre la obra de Copérnico y la Iglesia católica, o la defensa de las Sagradas escrituras, sino de aceptación y reconocimiento copernicano y heliocentrista, ya sin discusión. Era imposible, después de Newton, negar la validez al heliocentrismo. Quienes defendían las posiciones contrarias, corrieron después de 1867, a refugiar en lugar seguro la negra conciencia del crimen cometido en contra de Bruno y muchos más.

Bibliografía

- J Dreyer, Historia de la Astronomía de Tales a Kepler
- Alexandre Koyre, Del mundo cerrado al universo infinito.
- T. Kuhn, La revolución copernicana
- G. Wallis, Great Books of the Western Word (Vol.16)

Sobre el autor

Óscar René Cruz Oliva

Nació en la Ciudad de Guatemala en el año de 1933.
Estudio licenciatura y doctorado en la Unam y Politécnico respectivamente.
En 1977 fundó Publicaciones Cruz O.S.A y Librería Cruz O.S.A. En 1999 se creó, dentro de la segunda empresa, www.libros.com.mx que fue una de las primeras librerías virtuales en México.
El primer libro con cuentos y relatos escrito en México data de 1968. el segundo "La Taba" se publicó en 1973. Luego lo reeditó bajo el nombre "lo que ella había escrito", editorial Grijalbo) en 1980.
En 1976 apareció el primer libro de palíndromos, el primeo en sentido estricto, no sólo como el primer libro del autor sino como el primer libro publicado en México y quizá el todo el mundo de habla española.
El segundo es un poema palindrómico, que ocupa toda la extensión del libro (154 páginas). fue publicado bajo el título de "Palíndromo-Total. Oh, Ave de Vaho", en el año 1987. En este libro el autor ya puso especial atención al aspecto de la presentación del texto.
En el año 2003 publicó la novela "Hombres con Alas de Cera". Al año siguiente se cumplía medio siglo de la intervención norteamericana en Guatemala. Debido a la guerra interna que este país había vivido durante cuarenta años, después de aquella intervención, no existía escrito

ningún testimonio de ella. Para el autor era un imperativo vital contar esa historia.
En año 2004 escribió un libro para promover la escritura a través de los palíndromos. y en este 2006 publicó las Minificciones Palindrómicas, en las que se proponen nuevas formas de presentación de los textos, para reforzar la intención narrativa.
En año 2009 publicó su segunda novela "El Presidente Olvidado" Esta obra hace la pintura de uno de los pocos seres que, a partir de cero, obtuvo los más altos logros; reconstruye, mediante esta bio-ficción, el retrato de una personalidad formada en contacto con la naturaleza y con los seres humanos, muy lejos de los libros y de la escolaridad: no aprendió a leer y escribir, no quiso hacerlo, y gobernó cerca de 28 años. Con este libro el lector se informa y a la par disfruta.

Catálogo de Idbcom Publishing

www.idbcom.com

josercrevueltas@idbcom.com

Músicos

Johann Sebastián Bach.

Ludwig Van Beethoven/

Federico Chopin.

Niccoló Paganini.

Wolfgang Amadeus Mozart.

Pintores

Leonardo da Vinci.

Miguel Ángel Buonarroti.

Rafael Sanzio

Francisco de Goya

Vincent Van Gogh

Pablo Picasso

Grabados de Francisco de Goya

Escritores

Homero.

Dostoyevski.

Shakespeare.

Científicos

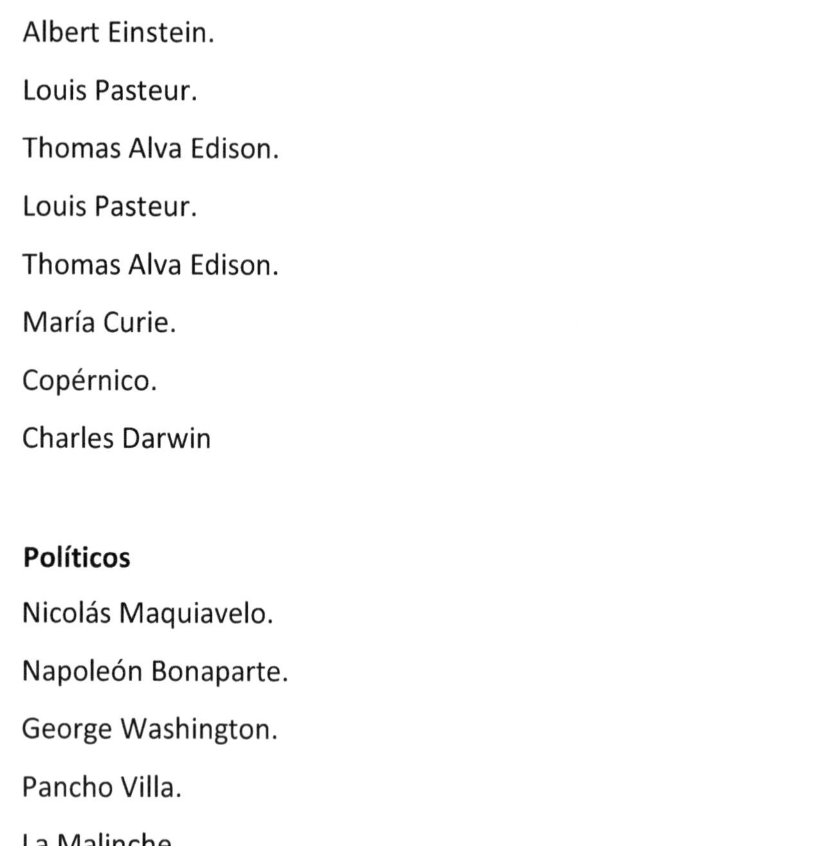

Galileo Galilei.

Albert Einstein.

Louis Pasteur.

Thomas Alva Edison.

Louis Pasteur.

Thomas Alva Edison.

María Curie.

Copérnico.

Charles Darwin

Políticos

Nicolás Maquiavelo.

Napoleón Bonaparte.

George Washington.

Pancho Villa.

La Malinche.

Literatura

La Ilíada.

La Odisea.

La divina Comedia.

El cantar del Mío Cid.

La Celestina.

El Lazarillo de Tormes.

El retrato de Dorian Gray.

Frankenstein o el moderno Prometeo.

Marianela.

Doña Perfecta.

Moby Dick

Helen Keller

Pepita Jiménez

Trafalgar

Obras de Óscar René Cruz

1954 el origen de la tragedia guatemalteca.

El primer presidente indígena de Guatemala.

Pelea de perros.

Minificciones Palindromáticas.

Autobiografía

Otros

Coronavirus la tormenta perfecta. José René Cruz

Navidad en las montañas. Manuel Altamirano

Francia: raíces teóricas de mayo del 68. Andrea Revueltas

Hernán Cortés. Francisco López de Gómara

Libros en inglés

Coronavirus: The perfect storm

Albert Einstein.

Marie Curie

Christmas In the Mountains.

The Iliad

Louis Pasteur.

Thomas Alva Edison.

La Malinche.

Francisco of Goya's engravings

www.ingramcontent.com/pod-product-compliance
Ingram Content Group UK Ltd.
Pitfield, Milton Keynes, MK11 3LW, UK
UKHW022009190726
13853UKWH00004B/1841